KB237436

비로소 웃다

마이노리티시선 38

비로소 웃다

지은이 이한주

펴낸이 조정환
책임운영 신은주
편집부 김정연·오정민

펴낸곳 도서출판 갈무리 등록일 1994. 3. 3. 등록번호 제17-0161호
인쇄 2013년 6월 26일 발행 2013년 7월 7일
종이 화인페이퍼 인쇄 중앙피앤엘 제본 일진제책

주소 서울 마포구 서교동 375-13호 성지빌딩 101호
전화 02-325-1485 팩스 02-325-1407
website http://galmuri.co.kr e-mail galmuri@galmuri.co.kr

ISBN 978-89-6195-068-8 04810 / 978-89-86114-26-3 (세트)

값 7,000원

이 도서의 국립중앙도서관 출판시도서목록(CIP)은 서지정보유통지원시스템 홈페이지(http://seoji.
nl.go.kr)와 국가자료공동목록시스템(http://www.nl.go.kr/kolisnet)에서 이용하실 수 있습니다. (CIP제
어번호 : CIP2013008381)

비로소 웃다

이한주 시집

갈무리

서문

까맣게 잊고 있었던 내 詩語들을 다시 불러준 분들에게 감사
드린다.
누가 뭐래도 사람답게 사는 게 좋은 시다. 그래서 두렵다.

차례

1부

눈

봄비

먼 길 돌아왔구나

비 그치니
꽃 뒤
나무가 보인다

눈

나이는 눈에서 온다
눈 앞의 깨알같은 글자들은
바짝 당겨 읽기보다
거리를 두어 보는 게 더 잘 보인다
너무나 분명했던 경계들은
조금만 멀어져도 흐릿하다
그전처럼 보이는대로
또렷또렷 말할 자신이 없어
한발 더 가까이 가서
깊숙이 본다
마음 담아 본다

증명사진

왼쪽으로 두서너 번 손짓하면
머리를 왼쪽으로
손을 아래로 내리면
턱을 밑으로 쑥
밀실 저편에서
웃으라는 만큼만 웃고
머리카락 한올
내 마음대로 쓸어올리지 못한 채
팔이 잘리고
두 다리가 잘려 나간
생경한 얼굴 하나
저게 나란다
입 한번 뻥긋 못한 채
웃지도 울지도 못하고 엉거주춤한
저게 나란다

고백

— 기둥에 대하여

너는 나의 기둥이라고 말하는 사람들은
나의 고독을 모른다

선망과 질시의 눈길에
더 강해야 했고
더 화려해야 했고
사람들을 안심시키기 위하여
뿌리로 내려서기보다는
두 팔이 떨어져라 하늘을 향해야 했던 내가
환장할 그 봄날을 어떻게 견디어 왔는지
사람들은 물어 오지 않는다

눈을 피해, 밤마다
헐리고
파헤쳐지고
다시 덧칠해지는 동안
찬이슬에 발목이 시려 주저앉았다가도
날이 새면, 언제나 그 자리에
딱 부러진 어깨

불끈 불끈 힘줄로 당당해야 하는
나를 보고
강한 것이 아름답다고 하는 사람들은
곧 무너질 것을 예감하는
나의 고독을 모른다

인구주택총조사

인구주택 조사원 아내 따라
집집마다 문 두드리며
이름 성별 나이 국적 방 갯수를 받아적는데
38-4번지
2층 다가구 빙돌아 지층 102호
그집에 사람이 없다
밤 12시에 들어와
새벽 5시에 일 나가느라
주인아저씨도 코빼기 보기 힘들다는
이름도 나이도 모르는 늘 불꺼진 집
밤이고 낮이고 문 두드려대던
15일짜리 대리국가 아내는
학력을 묻고
수세식 푸세식 화장실을 묻고
방 한칸뿐인
그 남자의 부끄러움에 동글뱅이를 치면서도
밥은 잘 먹고 다니는지 궁금해 하지 않는다
새벽부터 밤늦게까지 불꺼진 사람들의 땀방울
어디로 흘러들어 가는지

G20 대한민국은 묻지 않는다

비로소 웃다

나는 그들에게 이야기를 들려주었지만
그들은 누렇고 성긴 내 이빨만 보았다
틈이 벌어진 앞니 사이로
침이 튀고
말이 새는 게 부끄러워
말수를 줄이고
입을 가리며 웃다가
그들처럼
진짜보다 더 진짜 같은
새하얀 가짜 이빨 덧대놓으니
가지런한 웃음이 싱그럽다

그깟
사과쯤 베어먹지 못하면 어떠랴

4열종대

바로 앞 사람 머리통을 기준삼아
길다랗게 늘어선 줄
앞에서 들려오는 부스럭 소리에도
목청껏 복명복창 해보지만
끝내 앞 사람의 뒤통수를 넘어서지 못하는
4열종대
또 누군가의 앞을 가로 막으며
한눈팔 틈 없이
열과 오를 맞춰봐도
선택 받은 맨 앞줄 말고는
어차피 기억되지 않는 얼굴들
표정도 이름도 없이
몇열 몇번째 줄로 불리며
제 풀에 지쳐갈 때쯤
저기 뒤에서 두번째 줄
앳된 얼굴 하나
뻐드렁니처럼
반 발짝 비켜서 있다

누군가 너를 부르면

— 다빈에게

등 뒤에서
누군가 너를 부르면
고개만 돌리지 말고
어깨만 돌리지 말고
가던 길 멈춰
몸을 돌려 그를 맞으라
손 내밀어 마주보면
또 다른 길이 펼쳐지리니

등 뒤에서
누군가 너를 부르면
소리쳐,
앞서가는 이의
발걸음을 멈춰서게 하라

하이테크

압력버튼이 하얀 쌀밥이 되고
알아서 빨래가 삶아져 나오는
기술의 진보에
잔솔가지 군불 지피던 어머니의 부엌에서
해방된 아내는
오늘도
맥도널드 천천점에서
양상추를 썬다
시급 2100원

에베레스트 세르파, 아파

누군가 기억해 줄 걸 기대하며
오르는 것이 아니라면서도
내 발길 닿는 곳마다
저들의 이름이 새겨지는 동안
떠들썩한 환송연은 오늘도 이어지고 있다
먹고 살기 위해
내 몸무게만큼
저들의 일용할 양식을 지고 오르는
눈 덮인 출근길
눈물 글썽 아내 배웅을 받으며
잠든 아이가 따라 밟을까
내 발걸음 지우며 가는 길
보릿고개 언덕, 에베레스트
나부끼는 이국기 앞에
찰각찰각
한 발짝 비켜서야 하는 나를
숨을 곳 찾는 바람은 기억해 주려나

잠실야구장

제 힘만 믿고
한방 욕심이 앞서
머리가 먼저 돌아가면 안 되지
어깨 힘을 빼고
나뭇결대로
툭
공을 끝까지 살펴야 멀리 날아가는 것이
어디 야구뿐일까

장기

식권 내기 장기를 두다 보면 안다
쌩쌩 독불장군 車가 달리고
요리저리 馬가 설치고 다닐 때면
당장 판이 끝날 것 같다가도
잘난 저희들끼리
치고 박고 싸우다가
나 몰라라 떠나는 것쯤은
식권을 몇장 잃다 보면 안다
판세가 바뀌었다며
일확천금 외통수를 꿈꾸던 象이 손들자 하고
믿었던 包도 이제는 자신없어 하는데
뒤로 한발 물러설 곳 없는 卒들만
앞서거니 뒤서거니
어깨동무 모여들고

눈길 한번 받아 보지 못한 못난 놈들만
모두들 손 털고 떠난 자리에
깃발로 펄럭이는 것이
어디

3000원짜리 장기판뿐일까

그 많은 돈을 어디에 다 쓸까

오후 2시부터 6시까지
아내를 찾지마세요
큰 아이를 낳고 16년 만에
월 화 수 목 금 토 일
처음 출근하는 날입니다
전에 살던 동네 생협매장
시급 4200원
두달이 되면 100원 더 오를거라던 아내
한달 40여만원
일년 모으면 500만원 돈 된다며
그 많은 돈 어디에 쓸지 궁리하다
지난 밤 행복한 아내는 밤을 설쳤습니다
하얀 이 드러내며 가지런하게 출근하는
아내를 배웅하고
물어물어 싼 곳 찾아 군포까지 간 치과
신경치료 잇몸치료 앞니 두개 막고 어금니 임플런트 세 개
깎고 또 깎아 545만원

지금 나의 시가

노래가 되었으면 좋겠다
다단조처럼 분위기를 잡거나
바장조처럼 화려한 그런 것이 아닌
그냥 사분에 삼박자
허리 펴는 짬짬이 부르는 노래
노랫말이 생각나지 않으면
노래 좋아하는 금이가 맘대로 고쳐 부르는 노래
부르다 싫증나면 나오시마냥 내팽개쳐지는
지금 나의 시가 그런 노래였으면 좋겠다
내 서른의 상징과 격정으로는
울렁이는 시대의 노래가 되지 못해
원단더미 아래 곰팡이로 숨막힌다 하더라도
누군가 손이라도 내밀면
순대 떡볶이 불평 불만
그 무엇이라도
그의 것이 되었으면 좋겠다

냉장고

쌓아놓다 보면
곰팡이가 슬고
못 버텨 으스러지고
때론 파리 떼가 끓기 마련
그럴때는 넉넉하게 도려내면 그만
버리는 걸 아까워 말아야지
더 넓고 더 깊게 쌓을 수 있는 법
정작 단호해야 할 것은
고르게 나눈다는 어설픈 감상
모자라고
배고파야 돈이 되는 세상
오늘 다 먹어치우지 않아도
닫아두고
꽁꽁 얼려두면
언제든 내 것이 될 수 있는 기술의 진보

오늘을 넣어두면 내일을 돌려드려요

2부
저 잘 있습니다

저 잘 있습니다

흑석동 계단을 숨차게 오르던 내 스무 살은
하나도 변하지 않고
천안-청량리 간 지하철 1호선 운전실에 잘 있습니다
결혼도 하고
나를 닮아 걱정인 아이도 둘
천하태평 뱃살처럼
덕분에 다 잘 있습니다
써클룸 쓰레기통을 넘나들며
풋내 풀풀 풍기던 詩語들도
뒷배란다 먼지들과 사이좋게 잘 지내고 있습니다
호랑이 담배피던 시절
성제묘 말씀 3장 16절이 낭독되던 그때
비타민이 아닌 사과가 되고 싶었던 초롱초롱 눈빛과
써클룸 탁자 위에 넘쳐났던 소주병과 새우깡
그리고 담배연기에 자욱이 가려졌던 革命
뭐 그런 거 다 잘 있습니까?

산 24번지

미끄럼 타듯

겨울이

엉덩방아 찧는 동네 어귀

딸랑 딸랑

새벽을 두부장수가

흔들어 깨우면

금방이라도

눈꽃 같은 사연들이

뚝 뚝

녹아내릴 것만 같은

그해 오월

까닭 모를 오전수업이 잦아지고
입대영장을 받아놓은 큰형이
한 줌 바람을 모아
안방 가득 재채기 꽃을 피울 때
신문의 행간을 뒤척이시는 아버지와
덩달아 불안해하시는 엄마 사이에서
이쪽 저쪽 눈치를 살피다가
오전 수업으로 남아도는 시간을
축구공처럼 높게 튀기던 그해 여름

우리의 놀이터 효창운동장을
큰형 또래 군인 아저씨들이
총을 들고 탱크로 막아서던 날
논산훈련소의 충정훈련을
신문지에 둘둘 말아
싸제신발과 싸제옷 가득 보내오던
큰형은 자꾸
걱정마세요라는 말만
되풀이하고 있었어

가난이 불편하기보다는 부끄러워

얼큰한 콩나물국과 함께
아버지의 피곤이 국자로 퍼 올려지는 저녁
밥상 밑으로
어머니의 밥그릇과 나란히
삼사분기 고지서를 꺼내놓을 때마다
가뜩이나 입이 짧으신 아버지는
식욕을 돋구기도 전에
수저를 놓으시고
난, 걱정마세요 걱 정 마 세 요
국그릇을 득득 긁으며
갈증을 계속 퍼담았어
나이만으로 한 편의 서정시였던 열일곱
또래들의 여유가
파스텔보다 여리게 행복으로 칠해져 가는 동안
벽지를 타고 스며드는 장마에
흥건해진 걸레를 쥐어짜면서
그만큼의 여드름을 솎아 내면서
공납금 인상분에도 미치지 못하는
아버지의 오십 평생을

난 받아들일 수 없었어
불편한 걸 따지기에 앞서 부끄러웠던 여름

할머니 제삿날

개가 짖을 새도 없이 빨간 프라이드
큰형이 들어서고 인천형의 과일차가 들어서고
가지 많은 할머니의 아들 형제들이
살아 당신처럼
동구나무 그늘로 서성이면
젖은 손 줄줄이 따라 나오는 칠월 초사흘
저녁상을 물리고
아버지 형제들이
비스듬히 물러앉는 사이
시누이 올케 조카 며느리들의 빡빡한 서울살이가
설거지 그릇으로 포개지고
손전등에 자전거에 아랫마을 아저씨
두루마기 당숙 할아버지가 헛기침 두어 번 들어서면
유세차
지방을 쓰시던 막내 작은아버지가 일어서는 할머니 제삿날
홍동백서 조율이시
평소 당신이 좋아하시던 도토리묵만큼은
손 가기 좋은 곳에 바짝 당겨놓은 제상 앞으로
하나 둘 모여들어

자식이 재산이라던 당신을 떠올리는 동안
일 끝나기가 무섭게 달려온
마산형이 꾸벅 두 번 절하고
다시 여섯 시간 마산으로 돌아가는 충청도 공주 산골
가지 많은 동구나무가 밤새 뒤척이는 밤

겨울나기

막차가 지나면 으레 마을 청년들은
철구네 사랑으로 모여들었다
동네 개가 컹컹 겨울밤을 접는 사이
누가 먼저랄 것도 없이 나이롱패는 돌려지고
설 쇠러 내려온 순이가 귤을 안고 들어서는 밤
판돈을 모아 두엇은 구판장으로 갔다
발을 가린 이불 위로
소복소복 쌓이는 스무 몇 해의 겨울
막걸리잔이 돌 때마다 순이의
63층 서울은 끊어졌다 이어지고 철구는
식어 가는 구들에 장작을 들이밀었다
몇몇은 웃목에 벼포기처럼 쓰러져
코를 골며 시렁시렁
몸을 뒤척이는 사랑방의 밤
순이의 해수욕장이 깔깔 물방울을 튕길 때
바닥난 동치미 그릇을 내팽개치며 칠성이는
지난 가뭄처럼 타들어 가고 있었다
안채에서 군불 지피는 소닥거림과 함께
모두들 엉거주춤 일어설 때

밤새 내린 눈은
새벽 첫차에 실려가고 있었다

초동리 노래자랑

너도 나도 떠나왔다 싶어 뒤돌아보면
싸리비질한 운동장 그대로
이순신 장군이 지켜선 초동국민학교
오랜만에 만나는 반가운 얼굴들이
펄럭펄럭 내걸리는
대보름맞이 초동리 노래자랑
서울서 큰돈 벌었다는 근식형님과
1년 후배 성식이
전기밥솥 냉장고 테레비 쌓아 놓고
사진빨 나란히 웃음짓는 동안
고향땅만 서면
홀짝홀짝 취해가는 사람들이
애국조회 교단
즉석 밤무대 가수가 되어
뽕짝처럼 간드러지게 꺾어 넘어가는
팔월 한가위
불콰한 양달 경구氏 흥을 돋고
덧니처럼 반짝이던
새침떼기 동창생 순이가

애 둘을 들쳐업고 얼러안고
엉덩이 쑬럭이는 내 고향 초동리

어머니

파 한단
김치 한접시
뻔한 살림에
이 주머니 저 주머니 뒤져
잔소리 한 줌이라도
식지 않게 달려와서 쥐어 주시던 어머니

나이 마흔이 넘도록 받기만 합니다

어머니의 기차

KTX가 바쁘다고 해서
그럼 먼저 가라하고
새마을호가 먼저 간다고 해서
어이 어서 가라하고
무궁화호가 조금 더 기다려달라고 해서
기다린 김에 조금 더 쉬었다 가미던
서울살이 설움보따리
어머니의 기차는
잘난 것들 빠른 것들
다시 되돌아 올 때까지도
떠나지 못하고 있습니다

내판역

용산-내판 간 내 기차표에는
삼양라면 봉지에 담아온
달걀 세 알과 칠성사이다가 놓여 있었다
어머니를 따라나서기만 하면
외할아버지 드릴 사탕이
주렁주렁 매달려 나를 쫓아오는 기찻길
달걀 한 알에 두 모금씩
사이다를 세 번에 나누어 먹어도
세상에서 가장 먼 내판역은 나오지 않았다
한 숨 푹 자는 동안
내 마음은 벌써 외할아버지 벽장에 가 있는데
차창 밖 지루하게 이어지는 들판은
어머니의 어린시절로 되돌아가고 있었다
도망치고 싶었던 동네 뒷산을 만나고
벌개벗고 개헤엄을 치던 개울가에도 첨벙
달그락거리는 서울살이 대신
발그레한 설렘이 바짝 당겨앉는 완행열차
아들 셋 잔소리꾼 어머니는 어디에도 없었다
좀이 쑤셔 목이 길어진 세 시간 삼십 분

내 두 번 다시 어머니의 기차를 타지 않으리라
외할아버지 벽장과 사탕을 포기할 때 쯤
완장 찬 차장 아저씨가 또 다른 과자를 내미셨다
이번에 정차할 역은 내판, 내판역입니다

금의환향

작은 형이 대학교에 들어가던 해
싸리나무 꺾어 싸리비 만들듯이
어머니는 아들 3형제 묶어
고향 고샅길을 삳삳이 쓸고 다니셨다
복리 이자처럼 불어나던
어머니의 전 재산 우리는
동네분들께 공손하게 머리를 숙였고
애는 첫째, 애는 대학생 둘째, 그리고 막내
좀처럼 드러내지 않던 고향말을 꺼내들고
한약방 골목을 들어설 때도
사이가 좋지 않았다던 동갑네 집 앞을 지나칠 때도
어머니의 서울살이 설움이 환하게 웃고 계셨다
방금 인사드린 분이 누군지 묻지 않았고
해가 져서 당신의 행복이 눈에 띄지 않을까
마음 급한 어머니는
지나온 골목길 머뭇거릴 새도 없이
타성바지 언덕배기집 장독대에 올라
서둘러 달이 되셨다

설날 기차표 예매

줄을 섭니다
한겨울 추위와 나란히
칠순의 아버지가
예순 넘은 어머니가 교대 올 때까지
새벽 4시 남영역
고드름이 되어갑니다

모자 달린 두툼한 파카 위에
아련한 고향을 한겹 더 껴입고
철도 다니는 막내네 표까지
조치원 좌석 왕복 4장
칠순의 아버지와
예순 넘은 어머니가 교대로
고향가는 줄을 섭니다

아버지

자라는 것이 암덩어린 줄도 모르고
몸속에서 피가 줄줄 새는 줄도 모르고
휘청 휘청거리는 건
나이 탓이라고
세상 탓이라고
안성에서 인천까지
저승에서 이승까지
시속 150을 넘나드는 앰블런스 안에서도
흔들리지 않던 아버지가
멍투성이 주사자국 당신의 몸보다
더 못미더운 칠순 아내에게
틀니도 빼앗겨버린 응급실에서
홀로 아내만 남겨질 세상에게
응급하게 전화를 한다

문단속잘하고
혈압약꼭챙겨먹고
잘땐전기장판3으로맞추고

내리사랑

적금통장
한 입에 톡 털어넣은
딸아이 이빨교정 끝내던 날
대출 받아
3년 전 빠진 어금니에
임플런트 심었습니다
그제서야
고기 한번 사드린 적 없는
어머니의 치아가 생각났습니다

열여덟 딸에게

열여덟이 써내려간 발걸음에
오답이 어디 있으랴

낯선 길
길을 잃으면
네 자신을 믿어라
새로운 길은 아직 지도에 없는 법
길이 아닌 곳에서 또 다른 길이 시작된다
청춘을 가둘 수 있는 철조망이 어디 있으랴
네 발걸음이 길이다
설령 다시 되돌아온다 해도
네 발길 오간만큼
새 길은 다져지고 넓어지는 법

열여덟 답안지에 정답은 없다
네 발걸음이 답이다

오월 햇살

네 엄마를 분만실로 들여보내고
문 밖에서
겁 많은 네 엄마의 불안을 주워 담으며
아직 태어나지 않은 네가
노래 못 부르는 것은 나를 닮지 말고
뽀얀 속살은 네 엄마를 닮았으면 하다가도
저어기
네 엄마의 신음소리가 들릴 때면
여자이기보다는 남자이기보다는
예쁘기보다는 선하기보다는
그저 너와 네 엄마가 건강하기를
햇살처럼
들풀처럼 건강하기를
병원 복도를 동동거리는 동안
창밖엔
오월 햇살이 꽃을 피우고 있었다

이름

우리말갈래사전을 사고
선생인 네 이모네 반 출석부를 몰래 훔쳐보며
특별한 이름보다는
모든 사람들과 금방 친해질 수 있는 이름
떵떵거리며 출세하는 이름보다는
메아리처럼
나지막이 들리는 이름 어디 없을까
네가 평생 간직할 나의 첫 선물
네 얼굴만큼 선한
어디 그런 이름 없을까
벌써 며칠째
전화번호부를 뒤적이고
책방을 둘러보고

할머니집 가는 길

빨간꽃 노란꽃 처음 보는 꽃들이 예쁘고
마주치는 언니 오빠 친구들이 반가운
엎어지면 코 닿을 할머니집 가는 길
귀 기울여, 참새처럼 날다가
멍멍이와 멍멍 인사도 하며
눈 따로 발 따로
세상 구경 가는 길
넘어지면 훌훌 손 털고 가는 길

세상은 방안과 달라
그림자로 네 뒤를 따른다만
네 발걸음 멈추게 하는 것이
발목을 부여잡는 돌부리로만 보여
저 꽃이 개나리란다 말해 주지도 못하고
네 다음 발걸음만 걱정하며 가는 길
뒤뚱뒤뚱 네가 넘어질 때마다
내 가슴 파아랗게 멍이 들어가는 길

발 밑을 살피며 걸어도 조바심나는 길과

부딪치고 깨지며 걸어도 즐거운 길이 만나는
할머니집 가는 길
손을 뿌리치는 네게 조바심을 치다가도
한달음 눈부시게 피어날 때면
살랑 바람이라도 되어
네가 넘어지면 따라 넘어지고
네 발걸음 멈춘 곳 따라 멈추며
얼굴에도 무릎에도
온몸 훈장 달고 함께 가는 길

우리 동네

— 부로농원

퇴근길, 초코렛이라도 하나 든 날이면
집에 오르는 길이 한결 가볍습니다
부로농원 간판을 밀치듯 올라서면
빨간꽃 노란꽃 예쁜꽃들이 반갑게 맞아주고요
송글송글 땀방울에도 꽃냄새가 납니다
오늘따라 바쁜 주인집과 눈맞출 새 없으면
멍멍 곰순이와 순순이가 대신 인사하지요
화가인 호제아빠는 오늘도 흰 런닝에 줄무늬 반바지
저 멀리서 달려 나오는 아이들에게
초코렛 하나면
신이 난 유정이가 지난 하루를 시시콜콜 다 일러바치고요
용우는 아빠보다 초코렛이 더 반갑습니다
복날 넘긴 솔솔이가 푸지게 하품하는 오후
씻는둥 마는둥 마음이 먼저 달려간
텃밭엔 없는 게 없지요
토마토 오이 참외와 수박 고추 가지 청경채 근대
하다못해 잡풀까지
바람 부는 날이면 뿌리를 키우고
비가 오는 날이면 키가 쑥쑥

오늘처럼 햇볕 쨍쨍한 날엔
참외 수박 곁에 기어이 꽈리고추를 심어 놓은
내 욕심이
적 나 라 하 게 익어갑니다

16년 후

그러니까 내 나이 쉰하나
16년 후의 네 모습은 어떨까
친구들과 어울려 술 먹고 들어온 네 얼굴은
아빠처럼 발갛게 달아오를까
엄마처럼 뚱뚱한 수다쟁이가 될까
빨간 연지에 짧은 치마
너는 또 얼마나 예쁠까
사랑도 하고 눈물도 짓고
아빠의 스무살 때처럼
세상을 향해 일어서는 네 모습

16년 후의 내 모습은 어떨까

거울

거울이 없을 때
너를 보면
얼굴 옆 울보점에서
갈팡질팡 속마음까지
내가 보인다
양쪽 겨드랑이가 근질근질
하늘로 퍼덕이는 너를 보면
꼬리뼈처럼 까맣게 잊혀졌던
내 속의 달뜬 내가 보인다

여유

나는 지금 100만원도 넘게 받는다
전기세 전화세 TV시청료 밀리지 않고
가끔 찾아오는 후배들에게
2만원어치 술 살 수도 있고
아내의 잔소리만큼
꼬박꼬박 적금통장을 늘려 가는 네 식구 가장
아직은 아내의 화장품이나
내 옷 사는 것이 부담스럽기는 하지만
쓰리고에 피박을 맞아도 고스톱이 재미있고
한달에 한번 돼지갈비 외식이
나는 즐겁다
술 마시고 돌아오는 날이면
주머니를 박박 털어서라도
아이의 장난감 하나 던져두고
옷 입은 채 그대로 곯아떨어지는
내 詩 한줄
나는 지금 100만원도 넘게 받는다

아파트

꿈에 그리던 파아란 대문도 없이
파 한단 꽂아둘 흙 한줌도 없이
29인치 평면 텔레비전 놓는 자리
양문 지펠 냉장고 놓는 자리
비스듬히 소파 놓는 자리들만
덩그러니 놓여있는 원목 마루 거실에
결혼 생활 9년째
깨지고 벗겨진 시골뜨기 살림살이들이
눈이 부셔
제자리를 찾지 못하고
멀미만 해댑니다

일공휴무

삼일절날도 쉬었는데
돌아오는 일요일 또 휴무가 걸렸습니다
아이가 손뼉치며 좋아하는 게
대공원이라도 가야겠습니다
돌아오는 일요일 손에 쥔 청첩장이 두장
봄맞이 대청소도 밀리고
할머니집에도 들러야 하고
오랜만에 친구도 만나야 하고
몸이 열두개라도 부족하기만 한 일요일
동동 발을 구르며 행복해 웃다가도
내심 마음이 무겁습니다
하루도 쉼없이
일 박 박* 돌고 돌아야
가계부에 붉은줄 치지 않고
큰맘 먹고 부모님 용돈이라도 드릴 수 있을 텐데
빨간날이고 일요일이고 남들 다 쉰다고
한달에 두번씩이나 쉬어도 되는 건지
삼일절날도 쉬었는데
돌아오는 일요일 또 휴무가 걸렸습니다

얼마 전 전입온 김형이
철도 6년만에 처음 쉬어 본다고 신기해하지만
달랑 기본급 50만원에
수당을 따먹고 사는 네 식구 가장인 내가
이거 자꾸 자꾸 쉬어도 되는지 모르겠습니다

* 일박박 : 철도근무 형태, 일근, 숙박, 숙박

그래도 숨 쉴 시간은 있어요

책가방을 던져두고
해법수학 가는 길에
빠나미 앞에서 먹고 싶은 케익도 점찍어 놓고요
해법수학 끝나고 오는 길
예쁜 머리핀을 사는 척 하면서 만져보기도 하고요
하얀나무미술학원에 가면 솔이도 있고 지영이도 있어요
잠깐 중간 쉬는 시간이면
롯데마트 시식코너에서 이것저것 먹으면서 놀아요
피아노 선생님 기다리는 동안
장원한자 숙제를 하기도 하지만
씽크빅 끝난 다음
영어 선생님 오실 때까지
이사 간 한슬이와 버디버디도 하고요
저녁밥 먹으면서
마법전사 마르가온도 빼놓지 않고 꼭 보잖아요

길 위에서

— 용우에게

손을 내밀면
네 손을 잡고 누군가는 일어서고
또 누군가는 네 손목을 이끌어
함께 가자고 할 것이다
먼저 내딛는 앞 발자국 따라
뒷발이 힘을 얻어가는 길
앞서거니 뒤서거니
네 발걸음 따라 피어나는 들꽃
막아서는 게 있으면
네가 먼저 손을 내밀어라
손길 머무는
비와 바람과 구름도
목청껏 너를 응원할 것이니
손을 뻗어도 닿지 않는 곳 있거든
진심이 최선의 대화
네 마음을 보태라

공주는 고달파

한바탕 전쟁 치르듯
아이들을 학교에 보내놓고
퇴근시간이 불규칙한
남편 밥상 차려놓은 다음
집 앞 도서관으로 달려갑니다

의자를 앞으로 바짝 당겨 앉아
눈에 들어오지 않는 깨알 같은 글씨들
쭈르륵 줄 세워서
가루약 입안에 털어넣듯
머릿속에 쏙 쏙 집어넣으려는데
벌써 아이들 학교 마칠 시간입니다

학원 갈 놈은 우유 먹여 학원에
할일 없는 놈은 실컷 놀러 보내고
다시 도서관에 앉아
아침에 외웠던 걸 되뇌어보는데
콩나물국 멸치조림 호박무침

저녁 찬거리가 먼저 떠오릅니다

원주 한알학교

강원도 원주시 부론면 단강리 작은 마을
학교의 울타리를 걷어내고
들쭉날쭉한 꿈을 심고 있는 아이들이 있다
제 생김만큼이나 자유로운 영혼들이
아침 산책길 개굴개굴 울어대는 논바닥에 있고
텃밭이 자리를 옮긴 아침 식탁에 있고
비온 뒤 질척거리는 축구공에 있고
묵당에 있고 강당 풍금소리에 있다
비워도 비워도 채워지는 어른들의 조바심 끝,
대롱대롱 매달려 있는
좁쌀처럼 작고 여린 아이들이
지나가는 바람과 햇살의 손을 빌리고
원주의 풀꽃과 산새와 냇물의 응원을 받으며
마음을 가다듬고
생각의 나무를 키우며
제 보폭만큼의 발걸음을 저미는 곳
강원도 원주시 부론면 단강리
600년 된 느티나무 아래 작은 학교가 있다
나락 한알 속의 우주

아이들이 있다

Buen Camino
— 먼길을 떠나는 열두 아이들에게

비가 오면 어쩌나 싶어
둘둘 판초우의를 말고
더듬더듬 어둔 길에 필요한
작은 전등을 준비하며
발에 물집이 생길 때를 대비해서
바늘과 실을 챙긴다만
미리 준비하는 것만으로
네 발걸음을 다지지는 못하리라

언제 어디서 불어올지 모르는 바람처럼
언제 어떻게 바뀔지 모르는 마음처럼
어려움은 늘 예기치 않게 다가오리니
그땐 네 온몸이
판초우의가 되고 손전등이 되고
바늘이 되고 실이 되어 가라

길을 가다보면 어찌 바람뿐이랴
낯선 풍경과 새로운 사람들을 만나는 것처럼
어쩌면 네 안의 너를 만날 수도 있으리라

그 아름다운 만남들을
꼬깃꼬깃 좁은 배낭에 넣지만 말고
눈으로 발로 손으로
보자기처럼 활짝 펼쳐진
네 가슴에 담아라
굳이 꼭꼭 동여매지 않고
바람결에 날려 보내면 또 어떠랴

먼 길을 떠나기 전의 가슴 설레임
굽이굽이 돌아가다가 흘린 눈물들
산티아고 가는 길
곳곳에 뿌려두고 오라
Buen Camino

* Buen Camino : 싼티아고 가는 길을 걷는 사람들에게 전하는 덕담, 좋은 길 되세요.

청계

군복을 걸친
수도 서울 한복판
열여섯 눈물 많은 꿈들이 모여
밤새 숨죽여
흐느끼던 빗물들이 모여
미싱바늘에 찔리고
재단칼에 베이며
피범벅 군복을
무지개빛 작업복으로 박음질하던
내 영혼의 맑은 물줄기

평화시장

자르고 깁고 다리고
누이들의 눈물로 흐르던
복개천의 폐수를 알기에는
호기심보다 키가 작았을 무렵
발 밑에 돌을 얹어 놓고
까치발하며 몰래 넘겨보던 평화시장은
빨강 초록 옷가지보다
구경거리가 더 많이 널린
온통 내 희망이었습니다

엄마 품을 떠나
청계의 새벽이
실밥보다 촘촘히 박음질되는
열시간 노동은 더 이상
밑줄치며 암기한대로
신성하지도 신나지도 않았습니다

원고지 한켠 쉼표로 잠재우던
부끄러움을 버림으로써

자르고 깁고 다리며
구름다리* 무지개로 피어나는
어린 동심들을 만날 때
빨강 초록 옷가지보다 먼저 팔리는
복개되지 않는 우리의 사랑을 보았습니다

* 구름다리 : 1970년 11월 13일 평화시장 재단사 전태일 열사가 분신하신 곳

열세살 평화시장

나이보다 먼저 익힌 가난에
학교 담장을 훌쩍 뛰어넘은
열세살
알면 뭘 얼마나 알겠습니까
그저 엄마 치마폭에 묻혀
혓바닥이나 히쭉삐쭉 내보일
그 어린 것이

노동을 알겠습니까
착취를 알겠습니까

흙이라도 파먹고 뒤돌아서면
금방 배고플 나이
단내 나는 엄마 젖가슴이
손에서 떠나지 않을
그 어린 것이

눈깔사탕같은 사장 말에
제 키보다 큰 원단과 씨름하다

쓰러져,
잠이 들 때면
그저 노는 것에나 정신 팔릴
그 어린 것의 꿈속은
온통
흐드러지게 피어나는
어깨동무 웃음꽃이 아니겠습니까

미싱을 멈추고
한줌 햇살에 휘청거리는
다락방의 점심시간
달랑 머리부터 빠져나와
두칸짜리 공동변소에 줄을 서다
초경도 이른 나이에
찔끔 찔끔 속옷을 적시는
열세살의 눈물

평화의 집

　직접 찾아오시겠다고요? 그럼 1호선 지하철을 타시고 동대문역에서 내리세요

　동대문 지하철역 다번 출구 계단을 오르다 보면 수원행 막차가 지날 때까지 개떡쑥떡팥떡을 풍채만큼 넉넉하게 팔고 계시는 아주머니가 계실 거예요 오실 때쯤이면 양은 도시락에 김치뿐인 점심을 드실 시간이겠군요 살짝 목례라도 하고 계단을 마저 오르면 한일은행이 보이지요 은행 옆 길, 언제나 개나리처럼 노오랗게 웃어주시는 김씨 아주머니의 꽃집을 따라 고사리 손등처럼 오막조막 시장이 펼쳐지지요 과일가게 대원식당 구두가게 옷가게 창신이발관 떡볶이집이 숨차게 놓여 있고요 마주보는 떡집과 옷가게 사이 파도 팔고 고등어도 팔고 떨이 사과도 파는 손수레들이 노란색 중앙선으로 옹기종기 모여 점심을 들고 있지요 나른한 오후, 몇 몇 점심을 일찍 끝낸 젊은 사내들이 담배를 입에 물고 아이들처럼 장난치는 슈퍼 앞을 지나면 찌그러진 네 갈래 길이 나오지요 금은방이 귀걸이처럼 걸쳐진 왼쪽은 창신약국이 나오는 유가협 가는 길, 재개발이 한창인 위쪽 길은 건자재 가게가 죽 늘어서 있지요 주저하지 마시고 덜덜덜 미싱 소리가 나는 곳, 오른쪽 길로 접어드세요 소반 가득 된장찌개가

끓고 있는 조그만 식당들 옆 하품하듯 교회가 서 있지요 넓고 높은 십자가의 그늘 아래서 잠깐 숨을 돌리다가 눈을 들어 앞을 보면 커피와 햄버거를 파는 포장마차가 보일 거예요 벌써 몇 번이나 구청직원에게 포장이 뜯겨 시름겨워 보이는 햄버거집 맞은편 골목 하나, 둘, 셋, 네번째 한옥집이 바로 평화의 집 저희 사무실이에요

다시 한번 말씀 드릴까요?

서울

겨우 버스노선을 익히고
새침데기 서울말에 간지럼을 타면서
시작된 시다생활
봉숭아 꽃잎으로 물들어가는
빠알간 오야의 꿈도
남영동 금성극장 앞
햇살처럼 쏟아져 나오는
또래들의 웃음 앞에선
언제나 눈이 부셔 얼굴을 들지 못해요
나도 그 애들처럼
거울을 보며 말씨도 고치고
웃는 연습도 해보지만
몸이라도 아프거나
오야언니한테 쿠사리라도 먹는 날이면
밤차에 덜컹 덜컹 오르던 다짐들이
두번 세번 모질게 동여매던
그 다짐들이
주머니 속 만지작거리던 회수권마냥
자꾸 자꾸 구겨지고 말아요

한가족

손 뻗으면 사모님 미싱이 닿고
씩 웃으면
사장님 재단판에 웃음이 미끄러지는
지하실 작업장
틈만 나면
우린 함께 흥하고 함께 망하는
한가족이라던 친형 큰오빠 우리 사장님
몸 성할 때 한장이라도 더 뺄 욕심으로
저녁도 퇴근 후로 미룬 채
끊어질듯한 허리를 미싱으로 다시 잇던
지난 밤
흑싸리 한장 붙지 않아
주머니 털고 일어섰다던 사장님과
색색가지 먼지만큼
하루종일 쿠사리를 먹고도
자리 툭툭 털고 일어설 수 없는
우리 사이에 흐르는 실핏줄이
물보다 진하긴 한가요

애시당초 너는

애시당초 강철같이 단단한 데라곤 없었다
주위를 살피고 말소리를 낮추며
전략전술을 되뇌이지도 않았다
너는 다만
퇴근 후 동료들과 순대를 먹으며 수다를 떨다가
모임시간에 맞춰 헐레벌떡 달려오기도 하고
그 사람을 치마폭에 꼭 감싸안고도 싶은
네 보조개만큼의 수줍음이었다
노동자라고 부르면 외면했던 열여섯에서부터
아이롱에 데고 바늘에 찔리면서
죽은피를 죽 죽 뽑아내던 스물둘까지
야학에서 누굴 만나고
네가 무엇을 학습했는지
너의 가난
너의 겸손만큼 시시콜콜 다 알지는 못한다만
재단칼에 베인 동료들의 절망을
눈물샘 가득 동여매 주는 너의 싸움은
눈부시게 피어나는 사랑
사랑이었다

애시당초 강철같이 단단한 데라곤 없었다
주위를 살피고 말소리를 낮추며
전략전술을 되뇌이지도 않았다
너는 다만
잠들어 있을 동료들을 위해
내일 아침 찬거리를 준비하는
작은 바스락거림이었다

깡다구

어릴적 부모를 여의고도
인천 어디선가 두 손가락을 잃고도
병원에 가본적이 없다던
재단판 막내 태식이가
병원엘 갔다
며칠 일당 날라가는 것도 문제지만
종합검진 받고 병이라도 있으면 어떡하냐고
막무가내로 버팅기기만 하던 태식이가
속이 좋지 않아 항상 울먹이던 태식이가
병원엘 갔다

집에서 푹 쉬라는 의사선생님 말씀을
잔업 특근 빼먹는 것으로 대신하며
병원은 병만 얻어 오는 곳이라고
또다시 울먹이던 재단판 태식이는
두달 쉬면 낫는 병을
알면서도 키운다
한달 쉬면
한달 굶어야 하는

노동자 깡다구로 키운다

신혼일기

30만원짜리 노동조합 상근 간부와
40만원짜리 노동단체 상근 간사가
짜릿짜릿
눈빛과 눈빛으로 만나
겨울, 시린 어깨로 만나
사랑으로
평등으로
주례사의 투쟁으로도 미처 채우지 못한
가계부의 빈자리를
60촉 백열등
식지 않을 가슴으로 채워 갑니다

집에 돌아오기가 무섭게
방을 치우고
식성 좋은 아내를 위하여
그릇 가득
식은 밥처럼 아내를 기다리다
깜박 잠들 때도
창신동 비탈을 오르던 달빛은

잠시 멈춰 서서
저어기
모임에 지친 아내의 손을 잡아줍니다

컴퓨터

가래라도 뱉을라치면
검은 실타래가 졸졸 말려오는 지하실
환풍기라도 한대 더 있었으면 하는
우리의 마음을 아시는지 모르시는지
지난달 순자는 몇장을 빼고
옥순이는 잔업을 몇시간 더 했는지
새로 들여온 컴퓨터가
마냥 신기하기만 한 우리 사장님

위원장님 공판때 했던 조퇴와
세수도 하지 못하고 뛰어왔던
5분 지각까지도
줄줄이 외워대는 컴퓨터 앞에서
우린 어느새
애는 몇장짜리
쟤는 얼마짜리
컴퓨터만도 못한 미싱이 되고 맙니다

밤새워 자판을 두드리는데도

고장 한번 나지 않는다고
대견스러워 하시는 우리 사장님
아침부터 조여오는 생리통에
몇번이고 조퇴를 입에 올려 보지만
빨갛게 찍혀 나올
샘물체 컴퓨터가 두려워
말도 꺼내 보지 못하고
죽어라고 밟아대는 저희 몸은
하루밤새
자꾸자꾸 고장만 납니다

겨울

가난보다
서너 발짝 앞서오는 겨울이
발을 뻗어
창신동 아랫목에
잠시 머무는 사이
동화처럼
눈이 내리고
비탈길
아이들은
햇살을 주워 봄이 된다

첫 가투

붙잡힐 거라는 예감에
동료들의 이름이 적혀 있는
수첩 대신
빗이며
거울이며
빨간 립스틱을
핸드백 가득 담아온
첫 가투

뾰족구두 동동
알몸의 주민증으로 떨다가
누군가와 어깨라도 마주치기라도 하면
원피스의 파란 물방울들이
출렁
흘러내리는
청계천

문화학교 가는 길

오늘따라
허리 한번 제대로 펴지 못한 시다판에
송이송이 땀방울이 맺힐 때면
이젠 노란 봄인가 싶다가도
문화학교 가는 길
공장보다 한 철 더디게 오는
청계의 밤하늘은 얼어 있었다
천원에 열개 귤을 담아 들고
덤 하나 별 하나 호호 담아 들고
쿵 쾅 쿵 쾅
계단을 오른다
딱 한잔이면 사람 죽이게 웃어 보이는 신학이
자주 잊어버리던 안경을 오늘 숙희는 제대로 쓰고 왔을까
목이 긴 영애 신발이 보이고
아무렇게나 벗어논 춘단이 하얀 운동화
토닥토닥 정숙이 그 옆에
새로 굽 갈은 현아꺼
휴
심호흡 한번 크게 하고

문을 열면
순대 떡볶이 반 가른 붕어빵 인자의 보조개
거기 저만치
봄이 와 있다

푼수끼 그대로
―『청계 사람』 창간을 축하하며

이제
창신동 골목길을 들어서지 않아도
줄무늬 남방에 청바지
그가 거기에 있다

수줍은 열일곱에 와서
차돌만큼 단단해지기까지
습관처럼 달려갔던 곳
일이 없어도 문을 열어봐야
마음이 놓이던 사무실
설거지 안 한 라면그릇으로
불꺼진 모임방 홑이불로
눈물로, 동지로
그곳에 그가 있었던 것처럼

이제
옛 추억을 들썩이지 않아도
늘어진 뱃살 빼고는 푼수끼 그대로
그가 거기에 있다

그린호프에서 혹은 부엌방에서
내 젊음을 반쯤 마셔버린
그가
결혼사진 멋적은 모습으로
돌날 함박웃음으로

청계 사람이 청계 사람들 속에 있다

오늘 하루만큼은
― 남대문초등학교 명예졸업장 수여를 축하드리며

오늘 하루
오늘 하루만큼은
천만 노동자 가슴 속에 새겨진
활활 타오르는 불꽃 말고
그런 부담스런 이름 말고
속 깊고
의젓하고
의협심 강한
그런 전태일 말고

놀고 싶고
군것질 하고 싶고
엄마 품속으로 파고들고만 싶은
콧물 찔찔 눈물 뚝뚝
초등학교 4학년
대구 촌놈 태일이가 되어

오늘 하루
오늘 하루만큼은

신문 팔러가지 말고
태삼이 순옥이 순덕이
동생들 걱정하지 말고

파아란 물감같은 하늘에
고사리 두손 두발 푹 적신 다음
찜뽕도 하고
구슬치기도 하고
여자애들 고무줄 끊어먹기도 하며
학교 운동장 구석구석
바람처럼 누비다가
넘어지면 활짝 웃음꽃 되어
다시 피어나는 네 꿈
맘껏 그려 보아라

남산 소나무처럼 푸른
열두 살 꿈이
남대문초등학교 교가처럼 울려퍼질 수 있도록
오늘 하루

오늘 하루만큼은
네가 우리 가슴 속 머물지 않고
우리가 네 가슴 속 머물 수 있도록

이소선 어머니 장례식장

그가 맨 앞에 있다
10년만에 짠 하고 나타난 그가
제 자리에 있다
택시를 몰던 사람
가진 것이라곤 핸들뿐이어서
전국민족민주유가족협의회
택시도 되고 봉고도 되고 트럭도 됐던 사람
사연 많은 어머니들의
입은 되지 못해도 머리는 되지 못해도
주름 깊은 표정은 되었던 사람
욕도 잘하고 삐치기도 잘했던 사람
사람이 무섭다며 툭하면 잠수타던 사람
10년 넘게 안보이던 그가
장례식장
저기 맨 앞에서 소매를 걷어붙이고 있다
위독하다는 소식을 듣고
부르기도 전에 부릉부릉 바퀴가 되어 왔을 사람
그때 그 시절 그 사람들이
옷매무시를 가다듬고 전화를 돌리느라

느지막히 도착해서
내일 더 바쁜 일들을 위해 서둘러 떠난 자리
그들이 남긴 밥그릇을 치우고
쓰러졌던 소주병을 일으켜 세우며
비로소 제 사연을 풀어놓는 사람
어디서 빛날 일 없던 그가
서울대병원 장례식장 앞마당
어머니가 펼쳐놓은 하늘 한구석
벌겋게 달아오르며 별이 되고
그의 이야기를 듣다 졸다 하던 또 그 누군가
꾸벅꾸벅 반짝인다

프로는 아름답다

한 하늘 아래
손 하나로 몇억을 챙긴 야구선수의
땀흘리는 모습이 아름답고
예술을 위해 옷 벗는 것쯤 아무렇지 않은 여배우의
예술혼이 아름답고
아무도 2등을 기억하지 않는다는 카피라이터의
당당함이 아름답기만 한데
달리는 열차에
뛰어 타고 뛰어 내리다가
삐끗 발가락 하나 다치기라도 하는 날이면
우리 가정 막막해지는
수송원 10등급
제 몸뚱아리 팔아 오늘을 사는
나는 얼마나 아름다운가
아름다운가?

스물네시간 맞교대 나는

아침 아홉시에 출근하면
다음날 아홉시에 퇴근하고
아침 아홉시에 퇴근하면
비가 오나 눈이 오나
일요일이나 빨간날이나
또 그 다음날 아홉시에 출근해야 하는
똑딱똑딱
스물네시간 맞교대
내가 일하는 날은
비가 오지 말아야 하고
너무 춥거나 덥지도 말아야 하고
가을, 단풍이 너무 흐드러지지 말아야 한다
이틀 중 하루는
친구나 선배나 후배나 친척들 누구라도
아프지도 말며 결혼도 하지 말고
그 하찮은 모임도 하지 말아야 한다
나의 하늘이 이틀에 한번 자전하는 것처럼
조간신문도 이틀에 한번 발행되어야 한다

스물네시간 맞교대 나는

그래야 한다
꼭 그래야만
월화수목금토일 대신
짝홀 짝홀로 사는
스물네시간 맞교대 내가
사람처럼 산다

목욕탕

오늘도 철푸덕 강형은
빨간 이태리타올로 손톱때를 빼고 있다
일 끝나기가 무섭게 달려오면
벌거벗은 햇살 한줌
반갑게 자리를 내주는 목욕탕
욕쟁이 채형이 툴툴 오줌발을 내뿜고
바글바글 비누거품 걷히면
엊그제 내집 마련한 임형의 배가 홀쭉
새벽참 라면을 쑤셔넣던 김형의 배가 불룩
퇴근길 술냄새 맡느라
씻고 자시고 할 겨를이 없는 이형이 오늘은
아가씨를 만나는지 때빼고 광내는 사이
전철기를 째먹을 뻔했던 막내 서현이가
가슴을 쓸어안고 들어서면
슥슥 얼굴만 문지르고 내빼는 신혼의 민형
하! 오늘도 무사히
지난 밤 깡소주와 신라면 두 봉지를 씻어내는
서울역의 아침

당신도 밤새 안녕하셨는지요?

기능직 10등급

그것을 사러 갔다가도
사람들이 있으면 약국을 빙빙 돌던
초경의 내 사촌 누이처럼
직업, 공 무 원
침을 묻혀 꾹꾹 눌러 쓰다가도
직급을 물어오면
벙어리 냉가슴 맴맴 도는 사람들

살기 위하여

잠깐 한눈이라도 팔라치면
으르렁 달려드는 열차들에
등골이 오싹한 서울역
호루라기를 목에 걸고
허리춤엔 무전기
입환지시서는 작업모에 쑤셔넣고
자갈밭에 서는 일은
지난 밤 아내와의 싸움도
콜록콜록 딸아이의 기침도
결혼기념일쯤 아무렇지도 않게 잊는 일이다
인천에서 청량리에서
이달에도 벌써 두명을 묻은
자갈밭에 다시 서는 일은
차량을 연결하고
열차를 전선하는 일보다 먼저
내가 가진 모든 것을 버리는 일이다

자갈밭

둥근것 넓적한것 깨진것 모난것
그놈이 그놈같은 자갈들에게도 제각각 얼굴이 있습니다
한 삼년 자갈밭을 구르다 보면
발밑에 채이는 놈들이 말을 다 걸어옵니다
아프니까 살살 좀 뛰어내리라는 놈
도착선 전철기는 왜 안잡느냐고 아는체 하는 놈
싱긋 한번 웃어만 줘도
소주 한병 싸들고 와 야 자 친구 하자는 놈
이눈치 저눈치 알랑방구 뀌는 녀석은 왜 없겠습니까

스물네시간 맞교대
맘놓고 술 한잔 할수없던 친구들이 떠나고
힘들고 위험하고 더럽다며 동료들이 떠나고
마지못해 얼굴 한번 내밀던 햇살마저
떠날 수 있는 것은 모두 떠나 버린 자갈밭
엉덩이를 들썩이는 내게
바지가랑이를 잡고 놓지 않는 놈
큰대자로 누워 배째고 가라는 놈
쪼르르 다른 줄로 옮겨서는 녀석은 또 왜 없겠습니까

한 삼년, 자갈밭을 구르다 보면

사람이 그리울 때가 있습니다

마음이 몸을 떠날 때가 있습니다

괜히 짜증만 솟는 그런 날이면

응접실 고상한 수석도 되어 보지 못한 놈들이

새처럼 비상하는 짱돌도 되어 본 적 없는 놈들이

눈치 하나 끝내 주는 푼수 젬병 아 못난 그 녀석들이

얼음이 채 녹지 않은 철로변

언 손을 호호 불어가며

모두들 떠나간 그 자리에

노오란 민들레를 피워냅니다

천둥 번개 호루라기

비가 오면
천둥이 치면
죄 많은 사람은 알아서 꼭꼭 숨어야 한다는데
가난도 죄인줄 모르고
기관차에 매달려 매미처럼 울었습니다 나는

천둥이 치면
벼락이 내리치면
몸에 지닌 쇠붙이들 모두 버려야 한다는데
비키세요 물러나세요
삑삑 철제 호루라기를 밤새도록 물고 달렸습니다 나는

당신이 잠든 밤
오늘 하루 철제 호루라기를 감싸준
하늘의 은총마저 잠든 밤
25000 볼트 전차선 아래
천둥 번개가 또다시 치더라도
철제 호루라기를 입에 물고
밤새도록 울어야 합니다

서울역 수송원 나는

나는 왕이다 그들은 행복하다

인천발 의정부행 열차를 타고 가는 사람들에게
나는 왕이다
서울 하늘 아래
그 흔한 프라이드 하나 없는 어린양들이
쑤셔넣고 구겨넣고 어떻게든
죄 많은 육신을 다 집어넣을 때까지
천국행 출입문을 닫지 않는
기능직 9등급 나는 선한 목자이시다
내 말 한마디면
승강장과 전동차 사이가 넓은 신도림역에서는
내릴 때 주의하여야 하고
무슨 일이 있어도
대방역에서는 왼쪽으로 내려야 하고
국정원 홍보방송이 흘러나오는 남영역에서는
우리 주변에 불순한 세력은 없는지 실눈 뜨고
감시, 감시하여야 한다
내 앞에선 모두가 평등하다
노동자든 소매치기든 아가씨든 축구선수든
오줌이 마렵고 출근시간이 늦어지더라도

내가 잠시 기다리라고 하면
언제까지고 기다려야 하는 그들은
내 목소리만으로도 행복하다

발바닥

스물네시간 꼬박
철길을 헤집고 다니다가
눈치껏 작업화를 빠져나와
숨이라도 고를라치면
더럽다고 저리 가라하고
냄새 난다고 슬금슬금 피해가는 사람들
눈 밖에 나지 않기 위하여
비누거품 가득 부풀려 보고
발가벗겨 햇살 아래 말려 보기도 하지만
봄 여름 가을 겨울
갈라지고 터지고 진물나는
내 청춘

작업장

1호선 전동차 맨 뒤쪽 운전실
사람들 호기심이 기웃거리는
내 작업장엔
출발을 외치는 부저가 있고
안내방송을 하는 마이크가 있고
관제실과 통화하는 무전기가 켜져 있고
비로소 내 손이 가야
출입문이 열리고 열차가 출발하는
내 작업장엔
이십키로 농협쌀이 나고
아내와의 부부싸움이 있고
함진애비가 있고 상두꾼이 있고
술잔이 기울고 파업이 일어서는
25000 볼트 전차선을 100키로씩 달리는
한평 남짓 내 작업장엔
오병이어인들 왜 없을까

유실물

구로역 대합실에 오시면 유실물센타가 있습니다 전철에 두
고 내린 물건들을 모아 놓는 곳인데 가방이며 지갑이며 선물 꾸
러미까지 없는 게 없지요 귀하고 비싼 건 쪼르르 달려와 화들짝
수선을 떨며 찾아가기도 하지만 곧잘 두고 내리는 때절은 가방
의 작업복은 아무도 찾으러 오지 않습니다 가방을 열어보면 십
중팔구 헌 양말이며 장갑이며 꾸깃꾸깃 작업복이 들어 있지요
한때는 한 가족을 먹여 살리는 밥이고 희망이고 내일이었을 그
것이었겠지만 지금은 누군가 손을 내밀어 주길 목 빠지게 기다
리며 유실물센터 한구석 식은땀을 흘리며 새우잠을 자고 있습
니다

찬 바닥에 오래 누워있으면 입이 돌아가고 마음처럼 다시 일
할 엄두가 나지 않지요 더 늦기 전에 흔들어 깨어주세요

언니들이 간다

— KTX 승무원 투쟁 승리를 기원하며

내 엉덩이가 무겁다고
얼굴 찌푸리던 투덜이 깔판아 신문지야
안 그래도 이제 간다
머리띠야 투쟁조끼야
콜록콜록 침낭아
네 덕에 우리가 간다
징글징글 도시락아 컵라면아
이제 언제 다시 만나랴
밀린 빨래야
미뤄졌던 약속아
아직도 보지 못한 왕의 남자 공길아
조금만 기다려라
진달래 꽃단장에
개나리 분 바르고
이팔청춘 이 언니가 달려간다
삼겹살아 쓴 소주야
허리띠 풀고 기다려라

한 지붕 두 가족

모처럼 휴일 잘 쉬고 나왔더니
복도가 다가와서 알고 있었냐고 묻고
숙직방이 문을 열고 하소연을 한다
저들에게 새벽마다 바깥소식을 전해주던
전입동기 청소 아주머니를
이렇게 떠나보내는 게 말이되냐고
여린 감성 세면대가 울먹울먹
몰랐다고 뽀르륵 변명을 해도
대걸레 자루는 하루 종일 퉁퉁 부어있었다
사무소 창단멤버 한솥밥 10년
마루가 닳도록 쓸고 닦고 걸레질해도
작업복 색깔이 다르다고 끝내 열리지 않는 문
한 지붕 두 가족
거창한 송별회에 꽃다발은 아니더라도
종이쪽지 한 장 붙여놓지도 않고
밥 한 끼 대접도 못 하고 떠나보내는 게
그 잘난 너희들 세상이냐고
휴지통 쓰레기들이 나자빠지고
무대뽀 변기통이 게거품을 문다

내 몸만 모른다

들쑥날쑥 출근시간
낮 밤이 바뀌고
밥 먹는 시간 따로 없이
손님들의 요구를
온몸으로 받아 적어야하는
전동차 승무원
고객님의 건강이 가정의 행복이라는
안내방송을
하루 세끼 꼬박꼬박 챙기면서도
정작 내 몸만 모른다
25000 볼트 전차선 아래
대롱대롱 매달려 있는
만성피로 위궤양

멈추지 않아야 우리의 내일이 온다
—『철도노동자신문』 지령 600호를 축하하며

나도 안다
지금은 반격의 시간
웃고 떠들고
찰칵찰칵 기념하는 때

가장 강고한 반격은
비장하거나 결의에 찬 주먹이 아니라
지루해 하지 않고
즐겁게 견디는 것
2010년을 여는
환한 눈송이처럼 소리없이 덮치는 것

자갈이 침목의 손을 잡고
침목이 철길의 어깨를 잡고
서로서로 흔들리지 않도록
못난 놈들이 자갈밭을 이루어
전국 방방곡곡
얼어붙은 새벽을 깨우며
가던 길 계속 가는 것

망설이면 온통 낭떠러지였을 다리도
지나쳐 달리면 풍경이 되는 것처럼
멈추지 않고
되돌아가지 않고
강이 가로막으면 다리를 놓고
산이 높으면 터널이라도 뚫어
굽은 철길 곧게 펴서 가는 길
우리의 길

고마웠어요 아, 허광만 동지

이름보다
얼굴보다
환한 웃음이 먼저 떠오르는 사람
차에 음료수를 박스째 싣고서
만날 때마다 건네주던 사람
맛난 것 먹을 때면
어머니 드리려고
조금씩 떼어놓던 사람
살고 싶어서
정말 죽지 않으려고
끝까지 몸부림치던 마지막 절규

'해고는 살인이다'
사람을 가슴으로 안아본 적 없는 너희에겐
쓰던 볼펜을 쓰레기통에 버리는 일이지만
하루 일해야 또 하루를 사는
노동자에게 해고는
단 하루 남은 내일을 빼앗아 가는 것
노동자를 적으로 여기는 너희에게

100명의 해고는 100개의 전리품이지만
우리에겐
날마다 100개의 관을 짜는 일이다
'해고는 살인이다'
세상에서 가장 평화로운 웃음
세상에서 가장 아름다운 사람
허 광 만을
다시 못 보는 일이다
'해고는 살인이다'
허광만을 죽인 너희들을
잊지 않는 일이다
오늘을 잊지 않고
꼭 되갚아야 하는 일이다

지부장하면 결혼할 줄 알았다며 너스레떨던 사람
두 손을 수줍게 앞으로 모으고
다음에 또 보자며 꾸벅 인사하던 사람
가다 뒤돌아보면
환하게 그 자리에서 웃어주던 사람

받기만 했던 우리가 처음으로 그대에게 드립니다
우리를 맞아주었던 환한 웃음처럼
우리가 오늘 그대를 웃으며 보내드립니다
고마웠어요 아, 허광만 동지

이한주 시에서 '길 이미지'의 진화

조정환 (문학평론가)

"흑석동 계단을 숨차게 오르던 내 스무 살은/ 하나도 변하지 않고/ 천안-청량리 간 지하철 1호선 운전실에 잘 있습니다"(「저 잘 있습니다」)라는 구절은 이한주 시인의 삶만이 아니라 그의 시의 주조음까지 요약하는 시구다. 숨차게 오르던 계단길, 그 '비탈길'은 그의 초기 시편들이 숨가쁘게 그려냈던 이미지다. 이것이 과거의 주조 이미지라면, 숨차게 달리는 지하철 1호선의 '철길'은 그의 시적 사유가 운동하고 있는 현재의 주조 이미지다. 이 두 이미지는 "하나도 변하지 않고"로 연결된다. 길은 공간이면서 동시에 시간인 이미지다. 이한주 시인은 여러 시편들에서 반복되는 '길'의 이미지를 통해 그가 속한 삶의 그때그때의 리듬을 드러낸다. 비탈길, 그 비스듬한 사선이 어떻게 철길의 저 수평선과 "하나도 변하지 않고" 연결될 수 있을까? 분명히 다른 이

두 삶의 선이 어떻게 같은 선, 변함없는 선으로 지각될 수 있을까? 이것이 이 해제글을 통해 내가 묻고자 하는 질문이다.

1. 비탈길

"미끄럼 타듯/ 겨울이/ 엉덩방아 찧는 동네 어귀"(「산 24번지」). 비탈은 여기서 엉덩방아를 찧는 전도(顚倒)의 위상공간으로 제시된다. 넘어질 듯한 이 비탈은 "서울살이 설움"(「금의환향」), "서울살이 설움보따리"(「어머니의 기차」), "달그락거리는 서울살이"(「내판역」), "빡빡한 서울살이"(「할머니 제삿날」) 등에서 보이듯이 도시적 삶이 가하는 설움과 긴장의 공간이다. 그곳은 또 수치의 공간이기도 하다. "얼큰한 콩나물국과 함께/ 아버지의 피곤이 국자로 퍼 올려지는 저녁"이 되어, "내"가 "어머니의 밥그릇과 나란히/ 삼사분기 고지서를 꺼내놓을 때마다" 아버지는 "식욕을 돋구기도 전에/ 수저를 놓으시고", 열일곱 살 "나"는 "벽지를 타고 스며드는 장마에/ 흥건해진 걸레를 쥐어짜면서/ …… 공납금 인상분에도 미치지 못하는/ 아버지의 오십 평생을" 받아들이지 못하고 그 가난을 또래들의 여유와 비교하며 부끄러워했다(「가난이 불편하기보다는 부끄러워」).

숨차게 오르던 비탈진 길은 흑석동 산동네 계단만이 아니다. 시인이 그리고 있는 청계천 평화시장 옆 노동자 주거지인 창신동은 도처에 비탈길이다. 그곳은 "가난보다/ 서너 발짝 앞서오는 겨울이/ 발을 뻗"(「겨울」)는 곳이다. 모임에 간 아내를 기다리다

내가 깜빡 잠든 사이, "창신동 비탈을 오르던 달빛은/ 잠시 멈춰 서서/ 저어기/ 모임에 지친 아내의 손을 잡아"(「신혼일기」) 준다. 이한주 시인의 첫 시집 『평화시장』의 발문에서 민종덕 〈전태일기념사업회〉 전 상임이사는, 이한주 시인이 1980년대 후반에 〈청계피복노조〉의 조합활동의 하나였던 청계문화학교에서 강사로 일했다고 쓰고 있다. 그 문화학교로 가는 길도 어김없이 "천원에 열개 귤을 담아 들고/ 덤 하나 별 하나 호호 담아들고/ 쿵 쾅 쿵 쾅"(「문화학교 가는 길」) 올라야 하는 계단길이다.

흑석동 비탈길과 창신동 비탈길, 이 두 개의 비탈길을 잇고 있는 선분이 있다. 노동과 그 고통이 그것이다. 흑석동 비탈길이 감추고 있는 것은, "도망치고 싶었던 동네 뒷산"에서 서울의 산 동네로 이주한 아버지와 어머니의 노동과 아픔, 그리고 희생이다. 아버지는 "자라는 것이 암덩어린 줄도 모르고/ 몸 속에서 피가 줄줄 새는 줄도 모르고/ 휘청 휘청거리는 건/ 나이 탓이라고/ 세상 탓이라고/ 안성에서 인천까지/ 저승에서 이승까지/ 시속 150을 넘나드는 앰블런스 안에서도/ 흔들리지 않"(「아버지」)았다. 어머니는 "파 한단/ 김치 한접시/ 뻔한 살림에/ 이 주머니 저 주머니 뒤져/ 잔소리 한 줌이라도/ 식지 않게 달려와서 쥐어"(「어머니」) 주었다. 그 노동, 아픔, 희생은 이제 창신동 비탈길을 무대로 전개되는 나와 그 동료들의 고된 노동으로 대물림된다. 그것은 "청계의 새벽이/ 실밥보다 촘촘히 박음질되는/ 열시간 노동"이며 "열여섯 눈물 많은 꿈들이 모여/ 밤새 숨죽여/ 흐느끼던 빗물들이 모여/ 미싱바늘에 찔리고/ 재단칼에 베이며/

피범벅 군복을/ 무지개빛 작업복으로 박음질하던"(「청계」) 노
동이며, "아이롱에 데고 바늘에 찔리면서/ 죽은피를 죽 죽 뽑아
내던 스물둘"(「애시당초 너는」)의 노동이다.

이렇게 흑석동 비탈길과 창신동 비탈길에서의 삶과 노동은
서로 다른 색채로 나타난다. 앞에서 서술했듯이 흑석동 비탈길
은 주로 위험과 부끄러움의 색채로 나타난다. 이에 비해 창신동
의 비탈길은 적대와 희망의 색채로 나타난다. 「한가족」에서 시
인은 사장과 노동자 사이에 놓인 적대의 선을 드러낸다. "지난
밤/ 흑싸리 한장 붙지 않아/ 주머니 털고 일어섰다던 사장님과/
색색가지 먼지만큼/ 하루종일 쿠사리를 먹고도/ 자리 툭툭 털
고 일어설 수 없는/ 우리 사이에 흐르는 실핏줄이/ 물보다 진하
긴 한가요"(「한가족」). 이 적대의 감정은 「한 지붕 두 가족」에
서는 정규직 노동자와 비정규직 노동자 사이를 가로막고 있는
"끝내 열리지 않는 문"에 대한 분노로 발전한다. 청소아주머니
가 억울하게 일자리를 떠나는 날, 복도, 숙직방, 세면대, 대걸
레, 휴지통, 변기통 등의 사물들이 송별을 안타까워하여 덜썩
대는 것과는 달리, "사무소 창단멤버 한솥밥 10년/ 마루가 닳도
록 쓸고 닦고 걸레질해도/ 작업복 색깔이 다르다고 끝내 열리
지 않는 문"의 비정함을 통해서는 '한 지붕 두 가족'의 실상이 확
인될 뿐이다.

시다에서 시작하지만 오야가 되겠다는 상경의 꿈과 다짐이
"주머니 속 만지작거리던 회수권마냥/ 자꾸 자꾸 구겨지"(「서
울」)기가 반복되면서, 비탈의 운동은 싸움으로 폭발한다. 여기
서 '폭발'이란 말이 다소 부적절할 수 있다. 왜냐하면 그 싸움은,

"재단칼에 베인 동료들의 절망을/ 눈물샘 가득 동여매 주는", "눈부시게 피어나는 사랑"이거나 "잠들어 있을 동료들을 위해/ 내일 아침 찬거리를 준비하는/ 작은 바스락거림"(「애시당초 너는」)이며, 때로는, "붙잡힐 거라는 예감에/ 동료들의 이름이 적혀 있는/ 수첩 대신/ 빗이며/ 거울이며/ 빨간 립스틱을/ 핸드백 가득 담아온/ 첫 가투"(「첫 가투」)이거나 천원에 열개 귤을 담아 들고 쿵쾅쿵쾅 계단을 올라 "휴/ 심호흡 한번 크게 하고/ 문을 열"(「문화학교 가는 길」)어 젖히는 벅찬 만남이기 때문이다. 이 싸움들은 비탈의 겨울을 물리치고 봄을 피워내는 햇살과 같다. 비탈길 아이들이 햇살을 주워 봄을 만들듯이, 문화학교 문을 열면 "순대 떡볶이 반 가른 붕어빵 인자의 보조개/ 거기 저만치/ 봄이 와 있"(「문화학교 가는 길」)는 것이다.

2. 철길

비탈은 가파른 추락의 길일 수도 있고 힘겨운 추구의 길일 수도 있다. 동일한 가난함 속에서도 흑석동 비탈길이 "공납금 인상분에도 미치지 못하는" 뒤처짐의 길로 나타났다면, 창신동 비탈길은 달빛이 손을 잡아주고 절망을 동여매주는 연대와 사랑의 길로 나타난다. 그렇다면 천안-청량리간 1호선 지하철 철길은 어떨까? 창신동 비탈길의 노동이 흑석동 비탈길 아버지-어머니의 숨은 노동의 연속이었듯이, 이한주 시인의 경험이 짙게 묻어 있는 철길노동은 창신동 비탈길의 노동을 다시 연속한다. 달라진 것이 있다면 창신동 비탈길에서의 '열시간 노동'이 철길에서는 '스물네 시간 맞교대 노동'으로 바뀌었다는 것뿐이다. "스물네시간 꼬박/ 철길을 헤집고 다니"(「발바닥」)는 노동, "아침 아홉시에 출근하면/ 다음날 아홉시에 퇴근하고/ 아침 아홉시에 퇴근하면/ 비가 오나 눈이 오나/ 일요일이나 빨간날이나/ 또 그 다음날 아홉시에 출근해야 하는/ 똑딱똑딱/ 스물네시간 맞교대"(「스물네시간 맞교대」) 노동은 "맘놓고 술 한잔 할수없던 친구들이 떠나고/ 힘들고 위험하고 더럽다며 동료들이 떠나고/ 마지못해 얼굴 한번 내밀던 햇살마저/ 떠날 수 있는 것은 모두 떠나 버린 자갈밭"에서의 노동이다. 그것은, "25000 볼트 전차선 아래/ 천둥 번개가 또다시 치더라도/ 철제 호루라기를 입에 물고/ 밤새도록 울어야" 하는 노동이다. 이것은, 손님들에게는 건강이 행복이라고 반복해서 안내방송하면서도 자신의 만성피로와 위궤양은 알지 못하는 모순의 노동이다.

들쑥날쑥 출근시간

낮 밤이 바뀌고

밥 먹는 시간 따로 없이

손님들의 요구를

온몸으로 받아 적어야하는

전동차 승무원

고객님의 건강이 가정의 행복이라는

안내방송을

하루 세끼 꼬박꼬박 챙기면서도

정작 내 몸만 모른다
25000 볼트 전차선 아래
대롱대롱 매달려 있는
만성피로 위궤양
―「내 몸만 모른다」 전문

고되고 위험한 장시간의 강도 높은 노동에, 해고에 대한 불안
(「고마웠어요 아, 허광만 동지」)까지 겹쳐지면서 "집에서 푹 쉬
라는 의사선생님 말씀을/ 잔업 특근 빼먹는 것으로 대신하며/
…… /두달 쉬면 낳는 병을/ 알면서도 키운다"(「깡다구」). 자갈
밭 철길에서 흑석동과 창신동에서 수행되던 고된 노동이 지속
되고 있다는 사실, 그것도 어쩌면 더 잔혹한 모습으로 수행되고
있다는 사실이야말로 시인으로 하여금, 비탈길과 철길 사이에
어떤 변화도 없다고 쓰게 만드는 핵심적 이유일지 모른다. 그 노
동은 모두가 외면하며 벗어나고 싶어 하지만 "한달 쉬면/ 한달
굶어야 하는" 노동자의 운명으로 인해 벗어날 수도 없는 이중구
속적 상황을 만들어 내고 있다. 이러한 조건에서 노동하는 철길
노동자의 운명이 '에베레스트 세르파'인 '아파'의 운명과 다를 수
있겠는가?

누군가 기억해 줄 걸 기대하며
오르는 것이 아니라면서도
내 발길 닿는 곳마다
저들의 이름이 새겨지는 동안

떠들썩한 환송연은 오늘도 이어지고 있다

먹고 살기 위해

내 몸무게만큼

저들의 일용할 양식을 지고 오르는

눈 덮인 출근길

눈물 글썽 아내 배웅을 받으며

잠든 아이가 따라 밟을까

내 발걸음 지우며 가는 길

보릿고개 언덕, 에베레스트

나부끼는 이국기 앞에

찰칵찰칵

한 발짝 비켜서야 하는 나를

숨을 곳 찾는 바람은 기억해 주려나

―「에베레스트 세르파, 아파」 전문

노동과정은 생산물 앞에서 삭제되며 노동 생산물은 철저히 타인에게 전유되고 이 과정의 반복을 위해 노동자는 옆으로 비켜서야 한다. 한편에서, 이 과정은 기술의 진보에 의해 추동된다. 기술의 진보는 노동자에게 무엇인가? 그것은, 아내를 "잔솔가지 군불 지피던 어머니의 부엌"에서 해방시키지만 그 대신 시급 2,100원을 받고 맥도널드 천천점에서 양상추를 썰도록 만드는 것이며(「하이테크」), "지난달 순자는 몇장을 빼고/옥순이는 잔업을 몇시간 더 했는지", "위원장님 공판때 했던 조퇴와/세수도 하지 못하고 뛰어왔던/ 5분 지각까지도/ 줄줄이 외워대는"(「컴퓨터」) 빈틈없는 측정, 감독, 감시의 도구일 뿐이다.

이런 의미에서 철길의 시간은 비탈길의 시간과 다르지 않다. 다시 말해 철길 그 자체가 비탈길이며 비탈길만큼이나 (혹은 그보다 더) 아슬아슬한 시간이다. 그렇기 때문에 창신동 비탈길을 싸움의 길로 만들었던 조건은 변함없이 지속되고 있다고 해야 할 것이다. 하지만 이한주 시인은 이 두 길(시간) 사이에 끼어들어온 미세한 차이를 그려낸다. 이제 문제를 풀기 위한 싸움이 "못난 놈들"에 의해 수행된다는 것이 그것이다. 그들은 "제 힘만 믿고, 한 방 욕심이 앞서/ 머리가 먼저 돌아가"는 자들이 아니라 멀리 치는 야구선수처럼 "어깨 힘을 빼고/ 나뭇결대로/ 툭/ 공을 끝까지 살"(「잠실야구장」)피는 자들이다. 車도 馬도, 象도, 包도 "모두들 손 털고 떠난 자리에/ 깃발로 펄럭이는 것"은 "앞서거니 뒤서거니/ 어깨동무 모여"든, "뒤로 한발 물러설 곳 없는 卒들", "눈길 한번 받아 보지 못한 못난 놈들"(「장기」)이다.

이렇게 싸움의 주체가 달라지자 철길의 혁명이 갖는 의미도 달라진다. 반격의 시간은 이전과는 달리 비장하거나 결의에 찬 주먹의 시간이 아니라 지루해 하지 않고 즐겁게 견디는 시간이다. 웃고 떠들고 찰칵찰칵 기념하는 시간이다.

자갈이 침목의 손을 잡고
침목이 철길의 어깨를 잡고
서로서로 흔들리지 않도록
못난 놈들이 자갈밭을 이루어
전국 방방곡곡

얼어붙은 새벽을 깨우며
가던 길 계속 가는 것
— 「멈추지 않아야 우리의 내일이 온다」 일부

「산 24번지」에서 얼어붙은 겨울 새벽을 깨우는 것은 "두부장수"의 딸랑대는 종소리였다. 지금 그 새벽을 깨우는 것은 못난 놈들의 끈기 있는 걸음걸이, "멈추지 않고/ 되돌아가지 않고/ 강이 가로막으면 다리를 놓고/ 산이 높으면 터널이라도 뚫어/ 굽은 철길 곧게 펴서 가는 길"(「멈추지 않아야 우리의 내일이 온다」)이다. 하지만 강을 가로지르고 터널을 뚫는 철도의 이 직선적 이미지는, 이 시의 부제에 기록되어 있듯이, 『철도노동자신문』 지령 600호를 축하하는 행위의 의례성과 공식성이 시인에게 가한 압박의 흔적인 듯하다. 철도, 철길은 근대화의 상징이며 자연과 식민지를 침략하는 제국주의의 무기였다. 그것은 삶의 접힌 곳들을 펼쳐 직선으로 만들었다. 철도는 원주민들과의 전투를 두려워하지 않는 비장함과 결의를 뿜어내는 길이다. 그것은 영웅들과 전위들의 길이다. 그렇다면 지금처럼, "못난 놈들"이 자갈밭을 이루어 어깨 걸고 즐겁게 달려가는 길이 꼭 그런 직선이어야 할 이유가 있을까?

그렇기 때문에 우리는 직선과는 다른, 철길의 새로운 이미지를 제시하는 「어머니의 기차」에 눈을 돌리게 된다. 그것은 직선의 철길, 속도의 철길이 아니다.

KTX가 바쁘다고 해서

그럼 먼저 가라하고
새마을호가 먼저 간다고 해서
어이 어서 가라하고
무궁화호가 조금 더 기다려달라고 해서
기다린 김에 조금 더 쉬었다 가마던
서울살이 설움보따리
어머니의 기차는
잘난 것들 빠른 것들
다시 되돌아 올 때까지도
떠나지 못하고 있습니다
　　　―「어머니의 기차」 전문

　속도와 직선은 "잘난 것들", "빠른 것들"의 길이다. 어머니의
기차는 "모자 달린 두툼한 파카 위에/ 아련한 고향을 한겹 더 껴
입고", "한겨울 추위와 나란히" "고드름이 되어"(「설날 기차표
예매」) 교대로 줄을 서서 기다리는 기다림의 기차이며 돌아가
는 기차이다. 기다림 끝에 기차를 타고 돌아온 고향에서 무슨 일
이 펼쳐지는 것일까? 그것은 정든 것들의 카니발이다.

고향땅만 서면
홀짝홀짝 취해가는 사람들이
애국조회 교단
즉석 밤무대 가수가 되어
뽕짝처럼 간드러지게 꺾여 넘어가는

팔월 한가위
불콰한 양달 경구氏 홍을 돋고
덧니처럼 반짝이던
새침떼기 동창생 순이가
애 둘을 들쳐업고 얼러안고
엉덩이 쏠럭이는 내 고향 초동리
―「초동리 노래자랑」 일부

「겨울나기」와 「할머니 제삿날」에서도 유사하게 표현되는 이 농촌공동체적 카니발의 이미지는 결코 지나간 것, 과거의 것에 그치는 것이 아니다. 공장과 철도에서도 이러한 시간이 펼쳐진다. 고된 노동을 마친 뒤 맞이하는 목욕탕에서의(「목욕탕」) 시간, 「언니들이 간다」에 그려진 시간, 그리고 무엇보다 「문화학교 가는 길」에 그려진 시간은 그것들이 도시적 삶의 서술임에도 불구하고 저 농촌공동체적 카니발의 지속이자 재연으로 보인다.

천원에 열개 귤을 담아 들고
덤 하나 별 하나 호호 담아 들고
쿵 쾅 쿵 쾅
계단을 오른다
딱 한잔이면 사람 죽이게 웃어 보이는 신학이
자주 잊어버리던 안경을 오늘 숙희는 제대로 쓰고 왔을까
목이 긴 영애 신발이 보이고

아무렇게나 벗어논 춘단이 하얀 운동화

토닥토닥 정숙이 그 옆에

새로 굽 갈은 현아꺼

휴

심호흡 한번 크게 하고

문을 열면

순대 떡볶이 반 가른 붕어빵 인자의 보조개

—「문화학교 가는 길」일부

이런 맥락에서「문화학교 가는 길」의 비탈길은「초동리 노래
자랑」의 운동장과 "하나도 변하지 않고" 이어지지만 이것은 이
제 직선으로 내닫는 곧게 뻗은 철길과는 매우 다른 길이다.

3. 철길 이후

이한주 시에서 '철길'이, 고향으로 돌아가는 어머니의 기찻길
을 통해서만 새로운 이미지로 변형되고 있는 것은 아니다. 오히
려 그의 철길에 더 큰 도전으로 되고 있는 것은 딸이 걸어가는 길
이다. 그것은 철길처럼 곧지도 않고 어머니의 길처럼 친숙하지
도 않다. 그것은 내가 돌고 돌아온 "먼 길"(「봄비」)보다 더 멀 수
도 있는 길이다. 딸의 길은 해법수학, 피아노, 영어, 한자 등 사회
가 요구하는 공식적인 길들의 틈새에서 마치 숨구멍처럼 열린
다. 시식코너, 버디버디, 마법전사 마르가온 등이 그것이다(「그

래도 숨 쉴 시간은 있어요」). 그 틈새길이 어디로 뚫릴 것인가? 시인은 조바심을 갖지만 경험으로 접근할 수 없는 그 길은 오직 상상을 통해서만 접근해 볼 수 있을 따름이다. 그래서 이 시집에 는 새로운 세대가 걸어갈 길에 대한 상상적 교술(敎述)이 많이 눈에 띈다. "손을 내밀면/ 네 손을 잡고 누군가는 일어서고/ 또 누군가는 네 손목을 이끌어/ 함께 가자고 할 것이다/ 먼저 내딛 는 앞 발자국 따라/ 뒷발이 힘을 얻어가는 길/ 앞서거니 뒤서거 니/ 네 발걸음 따라 피어나는 들꽃/ 막아서는 게 있으면/ 네가 먼저 손을 내밀어라/ 손길 머무는/ 비와 바람과 구름도/ 목청껏 너를 응원할 것이니"(「길 위에서」). 아들 용우에게 보내는 이 편 지시는 권고를 담고 있다. 그런데 열여덟 딸에게 보내는 편지시 는 어떤 권고도 없이 그녀가 걸을 길에 대한 믿음을 표현하는 것 으로 마무리된다.

열여덟이 써내려간 발걸음에
오답이 어디 있으랴

낯선 길
길을 잃으면
네 자신을 믿어라
새로운 길은 아직 지도에 없는 법
길이 아닌 곳에서 또 다른 길이 시작된다
청춘을 가둘 수 있는 철조망이 어디 있으랴
네 발걸음이 길이다

설령 다시 되돌아온다 해도
네 발길 오간만큼
새 길은 다져지고 넓어지는 법

열여덟 답안지에 정답은 없다
네 발걸음이 답이다
―「열여덟 딸에게」전문

그의 철길은 한때는 "멈추지 않고/ 되돌아가지 않"는 길로 표
상되었다. 하지만 딸의 길을 상상하면서 비로소 시인은 "다시 되
돌아온다 해도/ 네 발길 오간만큼/ 새 길은 다져지고 넓어지는
법"을 깨닫는다. 낯선 길이고 지도에도 없는 길이지만 길 아닌
곳에서 또 다른 길이 시작된다고 믿으면서 시인은 길을 걷는 그
걸음이 "네 안의 너"를 찾는 발견의 길이기를 바란다.

언제 어디서 불어올지 모르는 바람처럼
언제 어떻게 바뀔지 모르는 마음처럼
어려움은 늘 예기치 않게 다가오리니
그땐 네 온몸이
판초우의가 되고 손전등이 되고
바늘이 되고 실이 되어 가라

길을 가다보면 어찌 바람뿐이랴
낯선 풍경과 새로운 사람들을 만나는 것처럼

어쩌면 네 안의 너를 만날 수도 있으리라
― 「Buen Camino」 일부

이제 길은 비탈에 있지도 않고, 자갈밭에 있지도 않다. 지금까지 나의 밖으로 나 있었던 길은 이제 나의 안으로 나기 시작하며 오직 나의 발걸음과 더불어서만 열리고 닫힐 내재적인 길로 된다. 이 길은 판초우의나 작은 전등이나 바늘과 실만으로는 충분히 걸을 수 없는 길이며 나의 온몸이 만들어 나가야 할 길이다. 흑석동 계단의 비탈길과 천안―청량리간 철길 사이에 변함이 없다면 이미 길이 내 안에 들어와 '내 속의 나'(「거울」)로서 열리기 시작했기 때문일 것이다. 또 "풋내 풀풀 풍기던 詩語들", "담배연기에 자욱이 가려졌던 革命"(「저 잘 있습니다」)이 잘 지내고 있다면, 딸이 걸어갈 저 미래의 길에 대한 상상을 통해 그리기 시작한 저 '내재'의 길 위에서일 것이다.